février 1872

VENTE DES LUNDI 5, MARDI 6 ET MERCREDI 7 FÉVRIER 1872.

COLLECTION DE M. B. (retonville)

OBJETS D'ART

ET

TABLEAUX ANCIENS

EXPOSITION PUBLIQUE : le Dimanche 4 Février 1872.

DE UNE HEURE A CINQ HEURES

COMMISSAIRE-PRISEUR :

Me CHARLES PILLET, rue de la Grange-Batelière, 10.

EXPERTS :

Pour les Tableaux :	Pour les Objets d'Art :
M. FÉRAL	M. CHARLES MANNHEIM
23, rue de Buffault.	7, rue Saint-Georges

CATALOGUE

DES

OBJETS D'ART

ET D'AMEUBLEMENT

Faïences italiennes, françaises et hollandaises;
TRÈS-BEAUX VITRAUX DU XVIe SIÈCLE;
Armes anciennes; Sculptures; Matières précieuses; Porcelaines diverses;
Objets variés;
LUSTRE EN CRISTAL DE ROCHE;
Pendules; Candélabres; Flambleaux; Lustres; etc.
BEAU PARAVENT peint sur cuir dans la manière de **WATTEAU**;
Cabinets italiens; Meubles en marqueterie et en bois sculpté;
Meubles et Tentures de salon et de salle à manger.

TABLEAUX ANCIENS

Composant la Collection de M. B.

ET DONT LA VENTE AURA LIEU

HOTEL DROUOT, Salle N° 2

Les Lundi 5, Mardi 6 et Mercredi 7 Février 1872

A UNE HEURE ET DEMIE

Par le ministère de Me **CHARLES PILLET**, Commissaire-Priseur,
10, rue de la Grange-Batelière.

Assisté pour les Tableaux : de M. **FÉRAL**, expert, 23, rue de Buffault.

Et pour les Objets d'art : de M. **CHARLES MANNHEIM**, Expert,
7, rue St-Georges.

Chez lesquels se trouve le présent Catalogue.

EXPOSITION PUBLIQUE :

Le Dimanche 4 Février 1872, de une heure à cinq heures et demie.

CONDITIONS DE LA VENTE

Elle sera faite au comptant.
Les adjudicataires payeront *cinq pour cent* en sus des enchères.

ORDRE DES VACATIONS

Le Lundi 5 Février 1872.

Tableaux anciens et gravures	du nº 1	à	57
Armes européennes	172	—	202
— orientales	203	—	211
Sculptures	212	—	232
Matières précieuses et objets variés	233	—	255

Le Mardi 6 Février 1872

Faïences italiennes	58	—	105
— françaises et autres	106	—	149
Vitraux et verrerie	150	—	171

Le Mercredi 7 Février 1872.

Porcelaines de la Chine et du Japon	256	—	271
— diverses	272	—	289
Bronzes	290	—	322
Meubles	323	—	370

Paris. — Imp. Pillet fils aîné, rue des Grands-Augustins, 5.

TABLEAUX ANCIENS

ET GRAVURES

BALEN

(HENRI VAN)

1 — Paysage coupé par un cours d'eau; sur le devant, Diane et ses nymphes.

BALEN

(HENRI VAN)

2 — L'Assomption de la Vierge.

BASSEN

(BARTHÉLEMY VAN)

3 — Jésus chez Marthe et Marie.

BOUCHER

(Attribué à)

4 — La Toilette de Vénus.

Belle esquisse.

BOUCHER

(d'après)

5 — Vénus et ses colombes.

Pastel.

CAZES

(PIERRE-JACQUES)

6 — Un homme, une femme et un Amour. Sujet mythologique.

COQUES

(Attribué à GONZALÈS)

7 — Portrait d'homme. Debout, tourné à droite, il porte une cuirasse, la main gauche posée sur un casque.

Forme ovale.

BERRETTINI ?

(*Dit* P. CORTONE, d'après)

Deux pendants.

8 — Rebecca à la fontaine,

Bethsabée au bain.

Miniatures sur parchemin.

COYPEL

(C. A.)

9 — L'Amour, costumé en abbé, apprend à lire à des jeunes fillettes.

COYPEL

(d'après)

Pendant du précédent.

10 — L'Amour sous les traits d'une jeune fille tenant à la main un éventail.

DROUAIS

(HUBERT)

11 — Portrait d'un jeune prince.

Pastel.

FALENS

(CHARLES VAN)

Deux pendants.

12 — 1° Chasse aux faucons. Un homme et une femme à cheval font halte devant une auberge.

2° Un cavalier et une dame à cheval poursuivent un cerf.

HOLBEIN

(ÉCOLE DE HANS)

Deux pendants.

13 — Portrait d'homme; vêtement noir doublé de fourrure, tenant ses gants à la main droite.

Portrait de femme; coiffée d'une cornette, collier, robe noire et manches rouges.
Dans le fond, les armes des deux personnages.

KESSEL

(JEAN VAN)

14 — Des singes jouant aux cartes.

KNYP

(JOSEPH-AUGUSTE)

15 — Intérieur d'étable ; sur le devant, un porc, à droite, des vaches, un toit de chaume, un perchoir avec des poules et des pigeons.

Signé J.-A. Knyp. 1796.

KOBELL

(Attribué à JEAN)

Deux pendants.

16 — 1° Dans l'un, une vache près d'un saule.

2° Un taureau et un mouton près la lisière d'un bois.

LARGILLIÈRE

(NICOLAS de)

17 — Portrait d'homme vu jusqu'à la ceinture ; il porte une perruque blonde poudrée, un habit jaune à riches ornements, un manteau en velours grenat lui couvre la poitrine.

LATOUR

(QUENTIN de)

18 — Portrait d'homme assis devant un bureau, tenant à la main une tabatière et se disposant à prendre une prise de tabac.

Pastel.

LE BRUN

(Genre de Mme)

19 — Portrait de jeune femme, les cheveux poudrés, robe bleuâtre décolletée, bouquet de fleurs au corsage.

Toile ovale.

MIGNARD

(École de)

20 — Portrait de jeune femme, à mi-corps, robe jaune et draperie bleue.

OSTADE

(École de)

Une suite de cinq grisailles.

21 — L'Arracheur de dents.

La Marchande de gaufres.

Le Marchand d'images.

Le Marchand de chansons.

Une femme soignant un enfant.

PINGRET

22 — Portrait de jeune femme couronnée de fleurs.

Pastel.

PŒLENBURG

(CORNEILLE)

Deux pendants.

23 — 1° Paysage avec rochers à gauche et baigneuses au premier plan.

2° Paysage avec rochers à droite surmontés de constructions; au premier plan, un homme cause avec une femme assise.

PORBUS

(Attribué à)

24 — Portrait de femme, cheveux blonds relevés et frisés, grande collerette, robe avec riches broderies d'or et bijoux, chaîne de perles.

PORBUS

(École de)

25 — Portrait de jeune fille portant une robe rouge avec crevés aux manches.

ROTTENHAMER ET BREUGHEL

(Attribué à)

26 — La Vierge assise dans un paysage ; sur le devant, des plantes en fleurs, les arbres avec leurs fruits, des oiseaux, etc., dans le fond, un cours d'eau et des maisons au pied des montagnes.

RUYSDAEL

(Attribué à JACQUES)

27 — Marine par un temps d'orage ; à droite, une digue en bois où les vagues viennent se briser ; au second plan, des navires ; dans le fond, des bateaux pêcheurs.

Signé du monogramme.

RUBENS

(École de

28 — Jeune femme enveloppée dans une étoffe blanche, les bras élevés au-dessus de la tête.

Toile ovale.

STELLA

(d'après JACQUES)

29 — La Vierge adorant l'enfant Jésus endormi.

Peinture sur marbre.

TÉNIERS

(École de DAVID)

Deux pendants.

30 — 1° Une femme âgée, assise et filant; dans le fond, un buffet avec plats en terre.

2° Un savetier assis et travaillant; à sa gauche, un banc de bois; dans le fond, une armoire et divers ustensiles en terre.

VAN LOO

(D'après MICHEL)

Deux pendants.

31 — Portrait de femme âgée et portrait d'homme en buste portant un habit en velours rouge.

VERNET

(JOSEPH)

32 — Marine par un temps orageux; à gauche, des rocher sur lesquels des naufragés se sont réfugiés.

WATTEAU

(D'après ANTOINE)

33 — Les Artistes de la comédie italienne.

ÉCOLE ALLEMANDE

34 — Le Christ montré au peuple.

ÉCOLE ALLEMANDE

(Gothique)

35 — L'Annonciation.

ÉCOLE ALLEMANDE

36 — Le Christ descendu de la croix.

ÉCOLE ALLEMANDE

37 — Sujet grotesque. Plusieurs personnages, une femme qui paraît être la reine d'un festin.

ÉCOLE FLAMANDE

38 — La Descente du Saint-Esprit sur les apôtres.

ÉCOLE FRANÇAISE

Deux pendants.

39 — Portrait de jeune homme et de jeune fille.

ÉCOLE FRANÇAISE

40 — Jeune femme assise près d'une fontaine et prenant des fleurs dans une corbeille pour former un bouquet.

ÉCOLE HOLLANDAISE

41 — Portrait de femme tenant un livre.

Ovale dans un cadre en bois sculpté.

ÉCOLE ITALIENNE

Quatre pendants.

42 — Abraham et les trois anges.

Le sacrifice d'Abraham.

La fuite de Loth.

Agar dans le désert.

ÉCOLE NAPOLITAINE

Deux pendants.

43 — Le Rémouleur et la diseuse de bonne aventure.

AYRES

(D'après VAN DYCK)

44 — Les Enfants de Charles Ier.

Belle aquarelle.

45 — Soixante-dix-huit portraits historiques dans le même cadre, dessinés par Coquentin.

46 — Sous ce numéro seront vendus quelques tableaux, dessins, aquarelles et miniatures.

GRAVURES ENCADRÉES

47 — Le Bourgeois gentilhomme.

Le Mariage forcé.

L'École des maris.

La critique de l'école des femmes.

La Comtesse de Carbagnas.

Mélicerte.

Six pièces dessinées par Boucher, gravées par L. Cars.

48 — Henriette de France.

Anne de Clèves.

Elisabeth d'Yorck.

Marie d'Angleterre.

Quatre portraits d'après différents artistes.

49 — Antoinette d'Orléans.

Marie-Catherine de Pierre-Vine.

Les deux gravés par Duflot.

50 — Pierre le Baud, chanoine de la Madeleine de Vitré, présente sa première *Histoire de Bretagne* à Jean de Château-Giron.

Ermengarde, seconde femme d'Alain Sergent, duc de Bretagne.

Gravé par Pitau.

Les deux dans le même cadre.

51 — Entrevue de Louis XIV et de Philippe IV, roi d'Espagne.

Gravé par Jeaurat, d'après Lebrun.

52 — L'Entrée d'Alexandre à Babylone, d'après Lebrun.

Gravé par S. Le Clerc.

L'Académie des sciences et des beaux-arts.

Gravé par le même.

53 — La Musique d'après Van Loo.

Gravé par Fessard.

L'après-dîner, d'après Lancret.

Gravé par Larmessin.

Le poëte Roquebrune d'après Pater.

Gravé par Jeaurat.

54 — Marguerite-Elisabeth Largillière.

Gravé par Will.

Marie-Louise de Savoie.

D'après Drouais, gravé par Dupin fils.

Madame de Graffigny.

Gravé par Lévêque.

Les Enfants de France.

D'après Drouais, gravé par Beauvarlet.

Madame de *** en habit de bal.

D'après Ch. Coypel, gravé par Surugue.

L'Amour des fleurs.

D'après le Prince, gravé par Chevillet.

55 — La Mélancolie.

Hercule terrassant un lion.

Les deux par Albert Dürer.

56 — Sous ce numéro, plusieurs portraits dont deux gravés par Hollar.

57 — Sous ce numéro, quelques gravures non cataloguées.

OBJETS D'ART

ET D'AMEUBLEMENT

FAIENCES ITALIENNES

58 — Fabrique de Gubbio. — Petite coupe ronde à décor à reflets métalliques rouge rubis et bleu nacré. Elle offre au centre le buste de saint Jean en relief et au bord des feuilles et des écussons.

59 — Fabrique de Deruta. — Joli vase à deux anses à décors à reflets métalliques rehaussés de bleu, à quadrilles et ornements.

60 — Même fabrique. — Vase analogue à celui qui précède, mais un peu plus grand.

61 — Fabrique d'Urbino. — Grand plat rond décoré du sujet de l'Enlèvement d'Hélène.

62 — Même fabrique. — Autre plat rond à sujet tiré de la fable, composition de quatre figures.

63 — Même fabrique. — Plat rond décoré d'un sujet tiré de l'histoire d'Orphée.

64 — Même fabrique. — Plat rond décoré d'un sujet tiré de l'histoire de Pyrrhus. Il porte la date de 1.669.

65 — Même fabrique. — Deux coupes rondes à sujets de personnages.

66 — Fabrique d'Urbino. — Plat rond décoré en couleurs; Moïse sauvé des eaux; composition de sept figures.

67 — Fabrique d'Urbino. — Coupe ronde à côtes, décorée d'un sujet tiré de l'histoire romaine.

68 — Même fabrique. — Coupe ronde à sujet tiré de l'Ancien testament.

69 — Même fabrique. — Autre coupe ronde; Tobie et l'Ange.

70 — Même fabrique. — Coupe ronde représentant des villageois se livrant aux travaux des champs.

71 — Fabrique de Castel-Durante.—Deux vases de forme ovoïde décorés d'un médaillon, saint personnage et fond couvert de trophées d'armes en camaïeu jaune sur fond bleu.

72 — Même fabrique.—Deux vases modèle cornet décorés de sujets bibliques.

73 — Même fabrique. — Deux vases de même forme, mais plus grands, décorés de sujets tirés de l'Ancien testament.

74 — Même fabrique. — Deux pots de pharmacie à deux anses et goulot décorés de figures allégoriques et d'ornements.

75 — Fabrique de Castelli. — Cinq petites assiettes décorées de figures et d'ornements en couleurs rehaussées d'or.

76 — Même fabrique. — Trois tasses et trois soucoupes décorées de paysages et de figures.

77 — Même fabrique. — Quatre grands vases à couvercles, forme Médicis, offrant au pourtour des sujets mythologiques peints en couleurs et enrichis d'ornements en relief dorés.

78-79 — Fabrique de Pesaro. — Deux plats ronds décorés au centre d'une figure de guerrier et de sybille debout, et au bord, de palmettes et d'ornements en couleurs.

80 — Fabrique de Castelli. — Plat rond décoré au centre d'un sujet guerrier et au bord de trophées d'armes.

81 — Même fabrique. — Plateau rond sur piédouche, représentant Loth et ses filles et l'incendie de Sodome.

82 — Fabrique hispano-arabe. — Petit plat rond à décor à reflets métalliques mordorés.

83 — Fabrique d'Urbino. — Coupe ronde à côtes, décorée de figures; Mars, Vénus, Vulcain et Amours.

84 — Même fabrique. — Autre coupe ronde à côtes représentant un sujet tiré de l'histoire romaine.

85 — Même fabrique. — Petite coupe ronde à côtes décorée du sujet de Mucius Scévola.

86 — Même fabrique. — Petite coupe ronde représentant Adam et Ève tentés par le serpent.

87 — Même fabrique. — Petit plat rond décoré d'un sujet tiré de l'histoire d'Hercule.

88 — Même fabrique. — Petit plat rond décoré d'un sujet tiré de l'histoire romaine.

89-92 — Même fabrique. — Sept petits plats ronds décorés de sujets tirés de la Genèse et de la Mythologie. Trois d'entre eux portent des écussons armoriés. Ils seront vendus séparément ou par deux.

93 — Même fabrique. — Plat rond décoré d'une rosace en couleurs sur fond gros bleu.

94 — Fabrique de Castelli. — Deux vases à deux anses et à couvercles décorés de sujets champêtres à figures et animaux.

95 — Même fabrique. — Vase analogue à ceux qui précèdent, mais sans anses.

96 — Quatre vases forme cornet, décors variés à figures.

97 — Trois salières dont une en faïence d'Urbino, à cariatides ailées, et deux en faïence de Castelli, à paysages.

98 — Quatre petites coupes rondes dont une d'Urbino, décorée d'une figure d'Amour.

99 — Faïence italienne. — Coupe ronde à côtes et buire décorées de figures dans des paysages.

100 — Vase en faïence italienne, émaillé bleu et décoré d'ornements et de mascarons en relief.

101 — Vase analogue à celui qui précède, mais plus petit.

102 — Autre vase analogue. Celui-ci est garni de deux anses à dauphins.

103 — Fabrique de Pesaro. — Plat rond décoré au centre d'un buste de femme et au bord d'ornements et d'imbrications.

104 — Fabrique hispano-mauresque. — Plat rond à décor à reflets métalliques.

105 — Fabrique de Castel-Durante. — Petit plat rond décoré de trophées d'armes en camaïeu bleu.

FAIENCES FRANÇAISES ET AUTRES

106 — Fabrique de Bernard Palissy. — Groupe connu sous le nom de : la Nourrice, émaillé de couleurs variées.

107 — Même fabrique. — Petit plat ovale en hauteur : le Baptême de saint Jean, bordure à godrons et ornements.

108 — Même fabrique. — Plat de même forme à bordure unie : la Décapitation de saint Jean.

109 — Fabrique de Rouen. — Beau pichet à cidre, décor polychrome à fleurs et ornements, enrichi de deux rosaces repercées à jour et reliées entre elles par un tube et portant dans un médaillon la figure de sainte Anne en camaïeu bleu. Au revers, le nom : Marie, Anne Pain et la date 1749.

110 — Même fabrique. — Autre beau pichet à cidre à couvercle, décor polychrome décoré de la figure de saint Jacques, et portant les noms de Jacques-Gabriel Potier, 1770.

111 — Quatre plats ronds en ancienne faïence de Delft, décorés de figures de danseurs dans un parc et portant un morceau de musique peint à leur partie supérieure. Décor polychrome et or.

112 — Jolie écritoire en grés de Flandre, émaillé gris et bleu, à ornements découpés à jour et enrichi de lions debout.

113 — Grand plat rond en faïence de Nevers, à décor de style chinois en camaïeu bleu.

114 — Fabrique d'Aranda. — Deux jolies plaques de forme oblongue en hauteur à angles coupés, décorées de figures et d'ornements dans le style des faïences de Moustiers. Elles représentent l'Été et l'Hiver et portent la signature de R. Posias.

115 — Même fabrique. — Deux jolis petits plats ronds décorés des figures de la Foi, de l'Espérance et de la Charité, ainsi que du sujet de la Cène et d'ornements. Signés 1730-S. M. 31 D.

116 — Fabrique de Rouen. — Jardinière ovale à bord denté et à anses formées de mascarons, décorée de fleurs, d'oiseaux et d'ornements en camaïeu bleu.

117 — Même fabrique.—Petit plateau carré à deux anses, décor en camaïeu bleu et ornements.

118 — Fabrique de Rouen. — Deux grands vases ou jardinières de forme ovale à deux anses ornées, décorés de guirlandes de fleurs et d'ornements en camaïeu bleu ; sur des supports en bois de chêne à moulures.

119 — Fabrique de Delft. — Plaque de forme oblongue à contours, décorée d'une figure de femme et de fleurs en camaïeu bleu.

120 — Même fabrique. — Deux plaques analogues, mais à décor polychrome.

121 — Terre de Lorraine. — Buste en terre émaillée blanc, du maréchal de Saxe, sur socle formé d'un lion couché et orné d'un mascaron.

122 — Deux plaques ; l'une en faïence de Delft, décorée de figures, l'autre en faïence de Moustier. Cette dernière est fracturée.

123 — Deux flambeaux à pied et tige carrés décorés de fleurs de lis et d'ornements en camaïeu bleu. L'un d'eux est en faïence de Rouen.

124 — Deux pièces en faïence : statuette de Chinois debout et veilleuse formée du sujet du Christ à la colonne.

125 — Fabrique de Nürenberg. — Pièce d'angle en faïence émaillée, ornée de figures d'anges en relief et de figures de lions en ronde bosse. XVIe siècle.

126 — Terre de Lorraine. — Deux petits bustes en terre émaillée blanc sur socles en marbre blanc et bronze doré.

127 — Pot en terre émaillée de Munich, portant en relief les figures des apôtres et sur sa face l'agneau pascal.

128 — Petite cruche en grés de Flandres, décorée de vases de fleurs en relief, réservés en gris sur fond émaillé bleu. Le goulot est orné d'un mascaron.

129 — Cruche analogue à celle qui précède, mais plus petite.

130 — Gourde très-curieuse en faïence de Beauvais (?) décorée de mascarons, d'ornements et des armes de France en relief, émaillés en couleurs sur fond blanc.

131 — Pot à eau en ancienne faïence de Sceaux (?) décoré d'un médaillon en camaïeu rouge. Amours d'après Boucher. Epoque Louis XV.

132 — Porte-huilier en faïence émaillée jaune et décoré de mascarons, d'ornements et de fleurs en relief et découpés à jour.

133 — Deux cache-pots en ancienne faïence de Moustiers, décor polychrome à fleurs, ornements et figures.

134 — Beau plateau rond à contours et à deux anses en ancienne faïence de Rouen, décor bleu et rouille à fleurs et ornements.

135 — Deux jolis cornets en ancienne faïence de Delft, décor polychrome de style chinois à figures, et fond noir rehaussé de fleurs ; monture en bronze.

136 — Petit vase en faïence de Sceaux (?) décoré de figures et de fleurs avec rehauts d'or.

137 — Plat rond en faïence de Delft, décoré en camaïeu bleu et portant au centre une figure de personnage debout, décorée en couleurs avec le nom : *Langlois*.

138 — Cinq assiettes en faïence de Delft, à décor en camaïeu bleu rehaussé de jaune et de rouge. Au centre et au bord, groupes de figures dans le style de Watteau et ornements.

139 — Deux petits vases en deux modèles, en ancienne faïence de Marseille, à fleurs en relief.

140 — Deux statuettes en faïence blanche ; danseur et danseuse.

141 — Groupe de trois figures en faïence blanche de Lorraine ; l'Amant couronné.

142 — Gourde en forme d'anneau à feuillages en relief, émaillée brun.

143 — Coupe à lobes en faïence de Nevers, émaillée bleu et marbrée de blanc.

144 — Plaque rectangulaire décorée en camaïeu bleu ; Sainte martyre.

145 — Trois statuettes en faïence blanche de Lorraine ; Vénus couchée, marquis et fille au chat.

146 — Garniture de cinq pièces en faïence de Delft, décorées de figures et de fleurs en manganèse et vert.

147 — Plaque rectangulaire, décor polychrome : la Vierge tenant son divin Fils sur ses genoux.

148 — Deux pots en faïence allemande, avec couvercles en étain.

149 — Plat rond, décoré de trois mascarons en relief sur fond bleu.

VITRAUX ET VERRERIE

150-167 — Collection très-intéressante de TRENTE-SIX VITRAUX suisses et allemands des XVIe et XVIIe siècles, de diverses formes et dimensions, et représentant des armoiries flanquées de figures de chevaliers, des sujets tirés de l'Ancien et du Nouveau Testament, des écussons armoriés dont plusieurs surmontés de la couronne royale, etc. Ils seront vendus par deux.

168 — Trois grands verres de Bohême à couvercles, gravés à figures, ornements et armoiries.

169 — Trois verres analogues à ceux qui précèdent, mais plus petits.

170 — Deux verres portant des armoiries et des ornements peints en camaïeu rose et rehaussés de blanc.

171 — Deux verres de Venise incolores, garnis de petites anses.

ARMES EUROPÉENNES

172 — Arquebuse à rouet; le bois est couvert d'incrustations d'ivoire et de nacre gravée, représentant des sujets de chasse et des ornements. La batterie est gravée : XVIIe siècle.

173 — Jolie arquebuse à rouet, dont le bois est incrusté de sujets de chasse exécutés en ivoire gravé. La batterie est unie. XVIe siècle.

174 — Joli pistolet à rouet, avec pommeau ovoïde à pans, couvert, ainsi que tout le bois, d'incrustations de nacre et de filets de cuivre. Le canon est cannelé. XVIe siècle.

175 — Deux pistolets à rouet à pommeaux sphériques, couverts de rinceaux en ivoire. Les batteries sont unies. Allemagne, XVIe siècle.

176 — Deux autres pistolets à rouets, à pommeaux et canons bleuis, enrichis d'ornements dorés, XVIe siècle.

177 — Deux autres pistolets à rouet; les pommeaux sont garnis en cuivre ciselé à figures de cavaliers. Époque Louis XIII.

178 — Deux pistolets à rouet, l'un d'eux incrusté de filets de cuivre, l'autre avec canon signé : *Jean Caillcuel.*

179 — Arquebuse à rouet, dont le bois sculpté est enrichi d'incrustations de cuivre ; la batterie porte la date de 1665.

180 — Autre arquebuse à rouet ; le bois est enrichi d'incrustations d'argent et de cuivre, ainsi que d'un médaillon d'ivoire finement sculpté, représentant une tête casquée. Le canon est bleui. XVIe siècle.

181 — Arquebuse à rouet avec batterie gravée, portant le nom de : I. A. Montagu.

182 — Autre arquebuse à rouet avec canon gravé et crosse incrustée de plaques d'acier découpé.

183 — Casque en fer à bandes d'ornements gravés et dorés. XVIe siècle.

184 — Arbalète en fer portant la date de 1683, avec manche en bois gravé à ornements.

185 — Deux arbalètes en bois et fer.

186 — Deux grandes épées à deux mains.

187 — Casque à visière en fer, gravé à ornements.

188 — Belle épée à quillons courbes, pommeau plat et double garde en fer damasquiné d'or et d'argent. Elle porte la lettre F ainsi que la date de 1640.

189 — Deux épées des premières années du XVIe siècle à gardes, pommeaux et quillons unis.

190 — Epée à corbeille ciselée à fleurs, mascarons et ornements et à longue lame quadrangulaire.

191 — Epée à poignée ciselée à figures et rinceaux et portant des traces de dorure. XVIe siècle.

192 — Petite épée à poignée en bronze du Tonkin finement ciselée à fleurs, dorée en partie.

192 *bis* — Hallebarde gravée à figures et ornements avec hampe en bois sculpté. Fin du XVIe siècle.

193 — Deux pertuisanes à hampes garnies en velours rouge.

194 — Deux hallebardes dont une porte les armes de Saxe ainsi que la date de 1601.

195 — Deux éperons en fer ciselé.

196-199 — Huit épées des XVIe et XVIIe siècles à poignées et gardes variées de formes. Ce lot sera divisé.

200 — Bouclier en cuivre argenté et oxydé, orné de mascarons, figures et ornements en relief. Travail moderne.

201 — Bouclier en fer représentant saint Louis prêchant la croisade. Travail moderne.

202 — Bouclier, un chanfrein, deux gantelets, un mors et deux étriers en fer. Ce lot sera divisé.

ARMES ORIENTALES

203 — Yatagan avec poignée et fourreau en argent.

204 — Yatagan analogue à celui qui précède.

205 — Deux pistolets turcs garnis en cuivre repoussé à ornements et dorés.

206 — Deux haches d'armes en fer damasquiné d'or et d'argent. L'une d'elles avec hampe en velours rouge.

207 — Deux kathares ou poignards indiens avec poignées gravées.

208 — Deux petits yatagans à poignées et fourreaux garnis en argent.

209 — Autre à lame courbe, de même travail.

210 — Deux autres, dont un à poignée en morse et l'autre garni en argent.

211 — Deux poignards, l'un d'eux à lame courbe et poignée en agate, l'autre de travail persan, à poignée et garniture du fourreau en fer doré à ornements.

SCULPTURES

212 — Bois. — Joli bénitier du temps de Louis XIV, sculpté à fleurs, ornements et attributs de la Passion.

213 — Bois. — Christ en croix sur socle, orné de bustes et d'attributs divers.

214 — Terre cuite. — Petit buste de femme (Madame de Pompadour?) grandeur deux tiers nature, signé J. B. L. M.

215 — Terre cuite. — Deux groupes d'après Clodion ; Satyre et femme Satyre jouant avec des enfants bacchants.

216 — Terre cuite. — Petit buste de femme, signé Martin, 1792.

217 — Terre cuite. — Deux jolis bas-reliefs attribués à Clodion ; bacchanales d'enfants.

218 — Terre cuite. — Bas-relief signé Clodion : Amour endormi désarmé par trois nymphes.

219 — Terre cuite. — Deux statuettes : Voltaire et Rousseau debout.

220 — Bois. — Un grand couteau et deux fourchettes à manches en bois finement sculpté à figures de cavaliers et autres.

221 — Bois. — Médaillon à double face repercé à jour, représentant des figures de saints personnages. Travail gréco-russe.

222 — Ivoire. — Deux médaillons ovales : Buste de Louis XIV et d'un autre personnage de son époque, sculptés en bas-relief. Cadre en bois sculpté et doré.

223 — Ivoire. — Bas-relief ovale sans fond, représentant la Descente de croix, d'après Rubens. Cadre Louis XIV en bois sculpté et doré.

224 — Ivoire. — Deux volets de diptyque : La Vierge debout et le Couronnement de la Vierge. XVe siècle. Dans un cadre doré.

225 — Deux pièces : Buste de Louis XIII, vu de face, en ivoire, et buste de femme en costume du temps de Louis XIV en bois sculpté.

226 — Bois. — Deux statuettes d'esclaves debout, sur consoles formées de figures et d'ornements.

227 — Bois. — Deux pièces : Bas-relief représentant deux squelettes tenant une draperie, XVIIe siècle, et la Résurrection, bas-relief en bois peint.

228 — Bois. — Bas-relief en bois peint et doré, représentant le Couronnement de la Vierge. XVIe siècle.

229 — Bois. — Bas-relief. — Quatre enfants nus jouant dans un paysage.

230 — Bois. — Haut-relief. — La Crèche; composition de douze figures. Cadre en bois sculpté et doré. Epoque Louis XIII.

231 — Ivoire. — Porte-cartes en ivoire sculpté à figures et paysages. Travail chinois.

232 — Ivoire. — Deux couteaux à manches sculptés, à bustes et lames gravées et dorées.

MATIÈRES PRÉCIEUSES ET OBJETS VARIÉS

233 — Cristal de roche. — Deux grands et beaux flambeaux, modèle à pans, entièrement en cristal de roche.

234 — Cristal de roche. — Jolie coupe oblongue à angles coupés sur balustre à pans et pied évidé, pouvant former coupe.

235 — Miniature ronde sur ivoire. Portrait de jeune fille en costume Louis XVI, à corsage brun et jupe rayée. Cadre en bronze doré.

236 — Autre miniature ronde sur ivoire. Portrait de jeune femme vêtue de blanc. Cadre en bronze doré.

237 — Miniature ovale sur ivoire. — Jeune femme gravant un chiffre sur un tronc d'arbre.

238 — Petite boîte ovale en argent repoussé à figures et ornements. Epoque Louis XV.

239 — Petite coupe ovale en écaille à lobes montée en argent.

240 — Petite coupe ovale en agate d'Allemagne, montée en bronze doré.

241 — Porte-tablettes avec couverture en écaille incrustée d'ornements et de monuments, en or gravé. Époque Louis XV.

242 — Eventail en bois de santal, sculpté à figures et ornements. Travail chinois.

243 — Joli vase de forme ronde en cuivre, couvert d'ornements finement gravés. Travail vénitien du XVIe siècle.

244 — Petite jardinière carrée à angles arrondis en bronze, ornée de bas-reliefs représentant les Saisons. Travail flamand du XVIIe siècle.

245 — Petit vase ovoïde en cuivre repoussé à fleurs et doré. Il est signé : Goutte, à Lyon.

246 — Petit plateau rond en étain à sujets bibliques en relief et portant la date de 1619.

247 — Deux petites coupes rondes en verre rubis, montées à anses et pied en argent doré.

248 — Miniature provenant d'un missel du xve siècle, sur vélin, représentant quatre figures de saintes femmes. Cadre en cuivre doré.

249 — Cadran solaire en forme de livre ouvrant, en ivoire, finement gravé à fleurs et ornements et garni en argent. Époque Louis XIII.

250 — Deux flambeaux en émail de Saxe, décorés de fleurs sur fond blanc.

251 — Deux peintures sur émail de forme ovale; sujets champêtres, dans le style de Boucher.

252 — Deux médaillons analogues à ceux qui précèdent mais de forme ronde.

253 — Deux médaillons ovales peints sur émail. Portraits de la reine Marie-Antoinette et de la princesse de Lamballe. Travail moderne.

254 — Très-petit coffret en cuivre gravé et doré avec serrure à quatre pènes bleuie.

255 — Six pièces en verre dont cinq petits verres de Bohême gravés, et une petite burette de Venise.

PORCELAINES DE LA CHINE ET DU JAPON

256 — Deux grands vases forme balustre à col droit en porcelaine de Chine, décorés de fleurs et d'arbustes en camaïeu bleu sur fond bleu ampois. Ils sont garnis d'une monture de style de rocaille en bronze, et supportent chacun huit branches de fleurs porte-lumières.

257 — Buire, forme persane en ancienne porcelaine de Chine, décorée de fleurs en rouge de fer et or.

258 — Plateau rond sur piédouche, en ancienne porcelaine du Japon, décoré en bleu rouge et or, armoiries et fleurs.

259 — Deux verres de forme ovoïde à couvercle surmonté d'un perroquet, en ancienne porcelaine de Chine, fond chocolat et médaillons de fleurs. Ils sont montés sur des socles à trépied en bronze doré.

260 — Deux animaux fantastiques assis sur des socles carrés en ancien blanc de Chine.

361 — Deux flambeaux en porcelaine du Japon, à décor en camaïeu bleu, rehaussé d'or.

262 — Deux coupes rondes en porcelaine du Japon, décor bleu, rouge et or.

263 — Deux très-petits vases en vieux chine, montés en bronze doré.

264 — Deux autres petits vases en porcelaine craquelée et montés en bronze doré.

265 — Coupe ronde et plate en ancienne porcelaine du Japon, décor bleu, rouge et or, montée sur quatre pieds en bronze.

266 — Deux lampes formées de petits vases en porcelaine de Chine, décorés de figures et montés en bronze.

267 — Deux petits vases forme balustre en porcelaine de Chine, à fleurs en relief émaillé en couleurs. Monture en bronze.

268 — Deux petites coupes rondes en porcelaine du Japon, montées sur pieds formés de trois dauphins en bronze.

269 — Figure de mendiant en terre émaillée de la Chine.

270 — Trois petits vases en porcelaine de Chine craquelée et décorés de fleurs en camaïeu bleu. Ils sont montés en bronze.

271 — Deux petites coupes en porcelaine de Chine, décorées de fleurs et montées en bronze.

PORCELAINES DIVERSES

272 — Jolie soupière avec couvercle et plateau en ancienne porcelaine de Saxe, décorée de fleurs et d'oiseaux en camaïeu rouge et or.

273 — Deux petits vases forme bouteille en porcelaine blanche à fleurs en relief.

274 — Trois beurriers dont un en ancienne porcelaine de Sèvres, pâte tendre, décoré de fleurs; les deux autres sont en porcelaine de Locré.

275 — Verrière en ancienne porcelaine de Sèvres, pâte tendre, décorée de fleurs.

276 — Tasse trembleuse en ancienne porcelaine de Sèvres, pâte dure, décorée de médaillons de paysage sur fond, à œils de perdrix d'or.

277 — Grand groupe en porcelaine moderne de Saxe, composition de six figures.

278 — Groupe de même modèle que celui qui précède.

279 — Deux groupes de même porcelaine composé chacun de quatre figures : musiciens et enfants tenant des guirlandes de fleurs.

280 — Groupe de trois figures en biscuit de porcelaine : Diane entrant au bain.

281 — Deux petites statuettes : berger et bergère.

282 — Trois figurines en biscuit, dont une en biscuit de Sèvres, jardinier.

283 — Trois groupes en porcelaine blanche en deux dimensions ; les Saisons.

284 — Tasse et soucoupe en vieux sèvres, pâte tendre, fond gros bleu de Vincennes, et médaillons d'oiseaux.

285 — Une tasse et une soucoupe en vieux sèvres, pâte tendre, fond gros bleu et décors d'or.

286 — Deux vases en porcelaine dure, fond bleu turquoise et médaillons représentant les bustes de personnages célèbres.

287 — Deux vases analogues à ceux qui précèdent.

288 — Deux seaux de même porcelaine et décor à médaillons, sujets gardes françaises.

289 — Deux groupes en porcelaine blanche de Saxe, composés chacun de deux figures.

BRONZES

290 — Joli petit lustre à douze lumières, modèle à console, richement garni de cristaux de roche.

291 — Petit lustre à quatre lumières, garni de cristaux de Bohême.

292 — Garniture de cheminée en bronze doré, modèle rocaille et figures d'enfants. Elle se compose d'une grande pendule portant le nom de Denière, à Paris, et deux candélabres à six lumières chacun.

293 — Deux chenets de même style que la garniture qui précède.

294 — Deux girandoles à quatre lumières et deux flambeaux de style Louis XV, en bronze.

295 — Deux flambeaux en bronze; enfant monté sur un crocodile.

296 — Deux petits chenets forme vase de style Louis XIV, en bronze.

297 — Petite pendule modèle rocaille, en bronze, avec mouvement de Frédéric Duval.

298 — Deux petits candélabres et deux flambeaux, modèle rocaille, en bronze.

299 — Deux candélabres à six lumières, modèle rocaille, ornés de figures d'enfants.

300 — Petite pendule rocaille en bronze, de Charles Oudin.

301 — Grande pendule ornée d'un groupe de quatre figures bronzées, sur socle orné de feuillages et de fleurs en bronze doré, par Denière.

302 — Quatre grands candélabres à huit lumières chacun en bronze, modèle rocaille, et groupe d'enfants et animaux bronzés.

303 — Deux chenets formés de lions bronzés, sur socles rocaille, en bronze verni.

304 — Lustre en bronze verni garni de cristaux, modèle rocaille, à trente-six lumières.

305 — Quatre bras-appliques à huit branches, porte-lumière modèle rocaille, en bronze, et cariatides de sirènes bronzées.

306 — Grande pendule en bronze et bronze doré ornée de figures de bacchante et d'enfants, par Denière, fabr. de bronzes.

307 — Quatre candélabres de même style à huit lumières chacun.

308 — Lustre à trente-deux lumières, modèle rocaille, en bronze et cristaux.

309 — Deux chenets à figures de fleuves bronzées sur socles rocaille.

310 — Petit lustre à huit lumières, en cuivre, surmonté d'une couronne.

311 — Lustre analogue à celui qui précède.

312 — Suspension de salle à manger en cuivre poli à rinceaux, à quinze lumières et une lampe.

313 — Quatre bras-appliques de même style, à sept lumières chacun.

314 — Lanterne d'antichambre en cuivre, modèle à pans, garnie de quatre branches porte-lumière.

315 — Deux flambeaux, style Louis XV, en bronze.

316 — Deux autres flambeaux en bronze gravé et doré, style Louis XIV.

317 — Deux flambeaux modèle rocaille, ornés de figures de musiciens.

318 — Deux jardinières de forme carrée à angles arrondis, en bronze doré, ornées de bas-reliefs ; sujets tirés de la vie du Christ.

319 — Quatre appliques en cuivre repoussé à bustes casqués et ornements, garnis chacune de trois branches porte-lumière.

320 — Jardinière ovale en cuivre jaune repoussé à godrons et à anses, formées de muffles de lion et anneaux mouvants.

321 — Petite lanterne à pans en cuivre, garnie de verres gravés à figures.

322 — Deux vases forme buire, en bronze ciselé et doré.

MEUBLES

323 — Très-joli paravent composé de sept panneaux finement peints sur cuir à figures dans le style de Watteau, et enrichis d'ornements gaufrés en relief rehaussés d'or et de couleurs. Époque Louis XV.

324 — Cabinet en bois d'ébène incrusté d'ivoire gravé, représentant des sujets de chasse. Il renferme un grand nombre de tiroirs et repose sur une table à pieds formés de colonnes torses en bois noir. XVIe siècle.

325 — Meuble-cabinet fermant à deux portes en bois noir incrusté d'étain. Il renferme un grand nombre de tiroirs et il est surmonté d'un motif d'architecture à consoles et colonnettes. Table à quatre pieds et entre-jambes à colonnes torses en bois noir.

326 — Meuble pareil à celui qui précède et lui faisant pendant.

327 — Beau meuble-cabinet en bois d'ébène, enrichi de plaques d'ivoire très-finement gravées à sujets tirés de l'histoire romaine. La porte principale est ornée de colonnettes et d'un fronton découpé. Table-support en bois noir à six colonnes torses. XVIe siècle.

328 — Petit meuble-cabinet à tiroirs enrichis de plaques d'ivoire gravé à figures. La porte centrale représente Orphée charmant les animaux. Table-support à colonnes torses en bois noir.

329 — Petite table carrée de même travail que le meuble qui précède.

330 — Pendule et son socle-support en vernis de Martin à fond rouge, décorée de fleurs et garnie de bronzes.

331 — Deux consoles style Louis XV en bois sculpté et doré, à dessus de marbre blanc.

332 — Cartel en bois sculpté à figures d'animaux, oiseaux, fleurs et fruits. Mouvement à échappement visible.

333 — Baromètre de même travail que la pièce qui précède.

334 — Etagère à quatre tablettes en marqueterie de cuivre sur écaille rouge, garnie de bronze doré et à fond de glace.

335 — Deux petites tables carrées en bois noir incrusté d'ivoire et sur pieds à colonnes torses.

336 — Deux tables analogues à celles qui précèdent, mais plus petites.

337 — Deux meubles d'entre-deux en marqueterie des trois parties, garnis de bronze et à dessus de marbre.

338 — Glace carrée avec cadre en bois sculpté et doré, à ornements rocaille et fleurs.

339 — Deux miroirs de forme contournée, en deux modèles, avec cadres et compartiments en bois sculpté et doré. Travail italien.

340 — Miroir de forme octogone allongée, avec cadre en bois sculpté et doré. Époque Louis XIV.

341 — Petite table carrée en bois sculpté et doré avec dessus garni de velours rouge.

342 — Chaufferette en bois sculpté à fleurs, oiseaux et ornements. Époque Louis XIII.

343 — Deux très-petits modèles de fauteuils en bois tourné, foncé de canne.

344 — Deux consoles de suspension à lambrequins et mascarons en bois sculpté et doré. Style Louis XIV.

345 — Autre console en bois sculpté et doré, ornée de mascarons et mufle de lion, avec ornements découpés à jour.

346 — Glace à fronton, avec cadre à compartiments de glace et ornements rapportés en couleurs. Style vénitien.

347 — Deux petites consoles d'angles à un seul pied, à ornements rocaille et fleurs dorés et à dessus de marbre noir.

348 — Petit bureau à dos d'âne en bois noir, surmonté d'un casier à portes vitrées.

349 — Petite pendule et son socle en marqueterie.

350 — Petite table carrée en marqueterie de bois à rosaces.

351 — Miroir avec cadre cintré en marqueterie des trois parties.

352 — Petite table à ouvrage en marqueterie de bois à fleurs et ornements.

353 — Commode de forme contournée en marqueterie de bois à oiseaux, garnie de bronze.

354 — Commode analogue à celle qui précède.

355 — Grand meuble formant bureau en marqueterie de bois à fleurs, fruits et oiseaux. Il est surmonté d'un casier fermant à deux portes garnies de glaces. Travail allemand.

356 — Table de milieu de forme contournée, de même travail.

357 — Petit meuble cabinet en marqueterie de bois à fleurs, oiseaux et ornements. Travail flamand.

358 — Cabinet et sa table-support plaqué d'écaille et d'ébène, incrusté d'ivoire.

359 — Bibliothèque à deux portes, en marqueterie de bois à ornements et portes garnies de glaces. Epoque Louis XIII.

360 — Table toilette, en marqueterie de bois. Travail allemand.

361 — Petite table carrée, en bois noir, incrusté d'ivoire, sur pieds à colonnes torses.

362 — Deux glaces Louis XIII, avec cadres en bois noir et appliques en cuivre estampé.

363 — Glace avec cadre en bois sculpté à figures et ornements. Epoque Louis XIV.

364 — Meuble de salon, en bois de palissandre et ornements en bronzes, couvert en damas de soie rouge. Il se compose de trois canapés, sept fauteuils et six chaises.

365 — Huit rideaux en damas de soie rouge, avec embrasses, galeries, etc.

366 — Meuble de petit salon, couvert en brocatelle capitonnée à fond noir et fleurs. Il se compose de six fauteuils, une chauffeuse et six chaises.

367 — Huit rideaux en brocatelle, fond noir et fleurs de couleurs, avec embrasses, galeries, etc.

368 — Grand buffet de salle à manger en acajou sculpté.

369 — Table ronde à rallonges sur pied à balustre à quatre consoles en bois d'acajou sculpté.

370 — Dix rideaux ou portières en velours vert et tapisserie avec lambrequins, embrasses, etc.

371 — Deux pièces de surtout en marqueterie de trois parties et montées en bronze.

RED. :

20

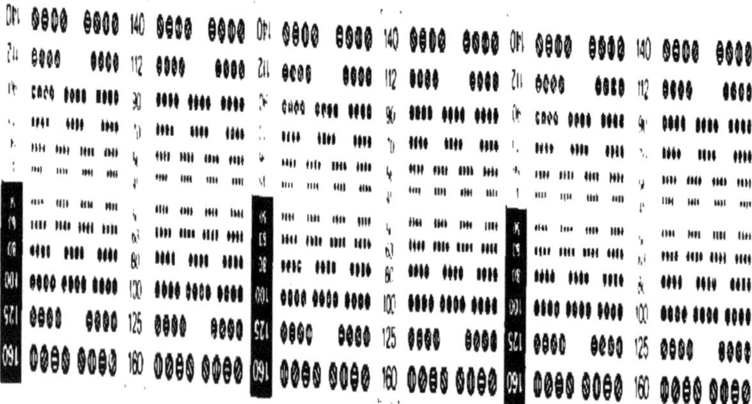

0 1 2 3 4 5 6 7 8 9 10

www.ingramcontent.com/pod-product-compliance
Ingram Content Group UK Ltd.
Pitfield, Milton Keynes, MK11 3LW, UK
UKHW021013180726
13838UKWH00004B/1533

9 782329 30500